KB011047

사랑의 형태를 아직 알지 못한다

히라이즈미 하루나

소미미디어

Contents

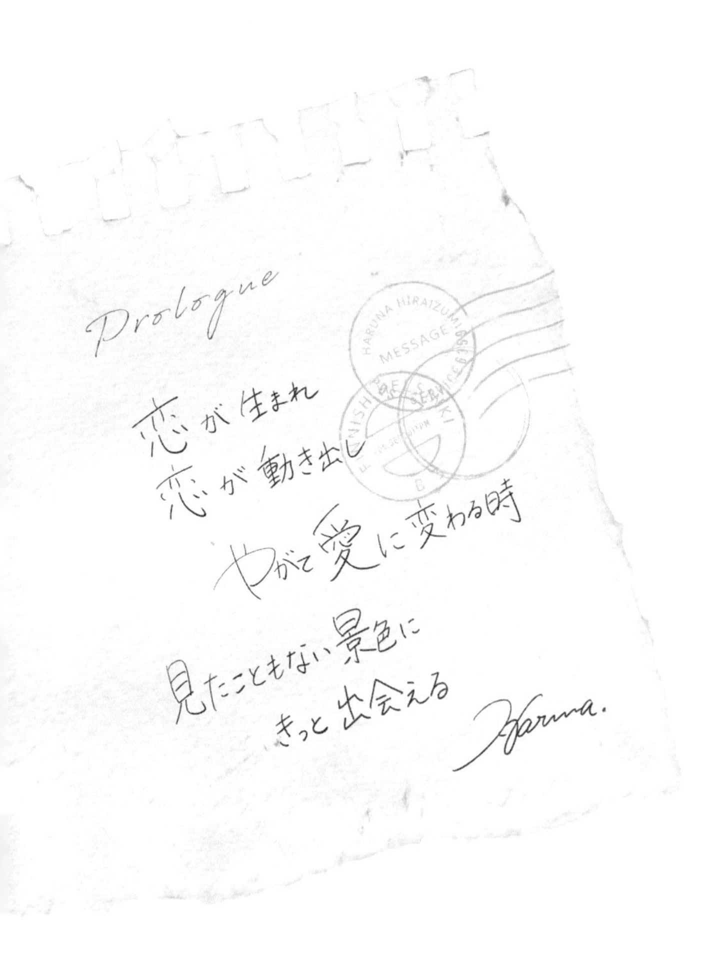

연애가 생겨나

연애가 움직여서

이윽고 사랑으로 변할 때

본 적 없는 풍경을

분명 만나게 될 것이다

Haruna.

CHAPTER 1

그리고 사랑이 움직이기 시작한다

And then, love is moving

사랑은 신록과 같이

그 감정을 안다고 생각했어.

밤에 잠들기 전 머릿속에 새겨진 당신의 옆모습.
꿈속에서도 나를 괴롭히고
아침에 일어나니, 역시 머릿속의 대부분을 차지하고 있지.

아아, 정녕 이것이 사랑이로구나, 라고 자각했을 때는
예상을 훨씬 뛰어넘을 정도로 감정이 증폭되어
도저히 억누를 수 없는 욕망에 지배되고 있었어.

'내 쪽을 봐줘.' 하고 빌어.
닿고 싶다고 생각해.
꼭 껴안아 주었으면 해.
키스하고 싶다고 바라.
당신의 입으로부터 사랑의 언어를 듣고 싶다고
간절히, 간절히 바라게 돼.

괴롭고 고통스러워서
'이럴 거였으면 만나지 않았으면 좋았을 텐데.'
라고 생각하면서도, 기쁘고 행복해서
'당신을 만나기 위해 태어난 거야.'
라는 생각까지 하게 되지.

내 감정에 비례하는 듯
짙게 깊어져 가는 신록 속에서,
느닷없이 스쳐 가는 바람은
울고 싶어질 정도로 부드럽고, 산뜻했어.

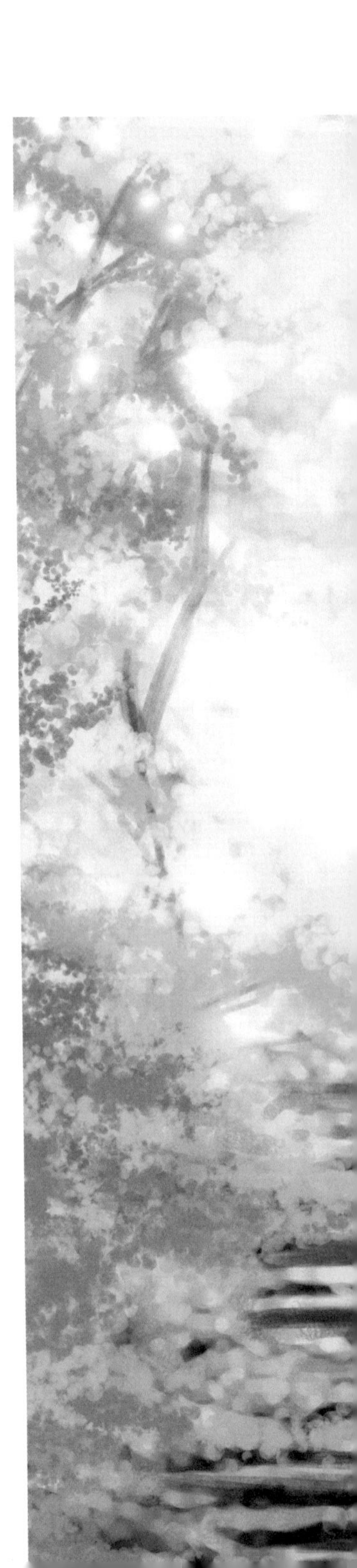

Selfish and beautiful

비가 포개어 주는 두 사람의 심장 고동

"오래도록 널 좋아했어. 누구에게도 빼앗기고 싶지 않아. 나만, 바라봐."
그 순간, 그 세계의 모든 소리가, 사라졌다.
느껴지는 건 그의 체온과 팔을 꽉 잡고 있는 힘. 그리고, 세찬 감정.

"나의 '특별함'이, 되어 줄래?"

뺨을 타고 내리는 것이 비인지 눈물인지 모른 채로 나는, 다만 한마디.
오랫동안 하고 싶었던 말을 천천히, 그에게 전했다.

좋아하니까, 좋아하지만.

"……너는 아직 젊어서 모를 수도 있지만, 세상에는 '좋아한다'라는 감정만으로는 어떻게 할 수 없는 일도, 있어."

"나는 '좋아하는 것'보다 소중한 것이 있다고는 생각할 수 없어."

닿아 있는 그녀의 몸에서, 조금씩 힘이 빠진다.
나는, 그녀의 모든 것을 가지려는 듯이
격하게 그녀의 입술에 내 입술을 포갰다.

엷은 눈에 휩싸여

그것은, 아주 오래 꿈꾸었던 순간이었다.

입술에 약간 차갑고 부드러운 감촉이 느껴졌다.
드디어 닿았구나 싶었던 그 감촉은
슬퍼질 정도로 금방 멀어져버려,
나도 모르게 눈을 떴다.

놀랄 정도로 가까이에 선배의 얼굴이 있었다.
이러한 얼굴, 본 적이 없다.
선배의 눈동자는 조금 촉촉한 상태로 떨리고 있고
볼이 아주 약간 분홍색이 되어 있다.
분명 나도, 이런 얼굴을 하고 있겠지.

좀 더 가까이 가고 싶어…….
그렇게 느낀 것과 동시에 거의 무의식적으로 말이 나왔다.

"……한 번 더, 해 주세요."

선배는 두 손으로 내 얼굴을 감싸고, 그대로 세게 끌어당겼다.
아까와는 다른, 나를 통째로 가질 듯한 격렬한 키스.

숨을 쉴 수 없다. 괴롭다.
그런데도, 느껴 본 적 없는 것 같은 행복감이 몰려든다.

괴로움이 한계에 달하고,
하나로 포개졌던 입술이 다시 원래대로 둘로 돌아왔다.
정적 속, 서로의 새하얀 날숨이 그 장소에 자욱이 서린다.

"미안……. 그런데 네가 부추기니까……."

겸연쩍은 듯한 표정을 짓는 선배가 귀여워서,
뜻하지 않게 미소가 새어 나왔다.

"선배, 정말 좋아해요."

좋아하게 된다는 것

"있지, 왜 나를 좋아하게 됐어?"
"……뭐야, 갑자기."
"나에 대해 어떤 매력을 느끼고 지금 이런 사이가 된 건지, 궁금해져서 그래."

갑자기 내 얼굴을 빤히 보며 그런 것을 묻는 그녀.
그녀를 좋아하게 된 이유…….
말로 하고 싶지 않아, 라고 본능적으로 느꼈다.

심장이 쿵쾅쿵쾅 빨라지고, 손끝이 약간 떨린 그 순간.
분명히 나는 사랑에 빠져 있었다.

흑백으로 이루어진 세계에 갑자기 색이 입혀진,
기적 같았던 그 한순간은,
지금도 잊을 수 없는 소중한 기억이다.
그것은, 마음속 깊이 간직해 두고 싶은 나만의 보물이자,
가령 그녀라 해도 알려 줄 수 없는 것.

"있잖아, 듣고 있어?"
그녀는 좀처럼 대답하지 않는 나에게 조바심이 난 듯하다.
"분위기 파악을 못 하는 점."
나는 그렇게 말하고 휙 등을 돌렸다.
"뭐어……! 무슨 말이야-!!"

늘 분위기를 읽지 못하고 솔직하고
정의감이 강하고 직선적이고 상냥하고
티 나게 표정이 변해서 거짓말을 할 수 없고.
그런 점이 정말로……

첫차

“하아……. 선배가 내 여자 친구가 되어 주다니, 꿈만 같아요.”
“후후, 순서가 거꾸로 됐지만 말이야. ……결국 첫차네.”
“우리 말고는 아무도 안 타고 있는데……. 키스해도 될까요?”
“안 돼! 점잖게 행동해야지.”
“…….”
“왜? ……화났어?”
“……그런 점도, 무지 좋아요.”

CHAPTER 2

수많은 벽을 넘어서

Get over that hurdles

3월의 약속

“나에 대해서는 신경 쓰지 말고, 마음먹은 대로 열심히 하고 와.
……그래도 가끔은 전화해.
힘들 때는, 곧바로 나한테 말해.
술은, 지나치게 마시지 말고.
바람……피우지 말고.
나를, 잊지 마…….”

마지막 말을 다 끝내기도 전에
뒤에서 세게 나를 껴안았다.
그가 지금 어떤 얼굴을 하고 있을지 보지 않아도 알 수 있다.
그래서……괴롭다.

“지지 않는 벚꽃이 있으면 좋을 텐데.
아름다운 채로 시간이 멈추어서, 그것이 영원히 이어지면 좋을 텐데…….”

아직 조금은 냉기가 남은 밤바람과 함께
꽃잎이 팔랑팔랑 우리에게 내리쏟아졌다.
하루하루를 소중히 지내 온 3월이 끝나려 하고 있었다.

우리들은 괜찮아.
다음에 만나게 될 때는, 지금보다 훨씬 당신을 좋아할 수 있어.
당신의 온기를 몸이 기억하게 하고,
나는 웃는 얼굴로 “또 봐.”라고 말했다.

A memory dyed
by love will
make you
ove you again
AROMA

러브코스메 X 히라이즈미 하루나 타이업 작품

사랑에 물든 기억과 함께

길었던 장마가 끝을 알릴 무렵,
그녀와 넉 달 만에 재회했다.
빈틈을 그저 메우고 싶은 마음에
말도 하지 않은 채 서로를 꽉 껴안는다.

그녀의 가늘고 흰 목덜미에서
뇌가 노글노글 마비될 듯 달콤한 향기가 내 안으로 흘러 들어왔다.
그 순간, 마지막으로 그녀와 서로 안았던 때의 기억이 되살아났다.

"부탁이야……. 나를 잊지 말아 줘."
그날, 그녀는 울면서 몇 번이고 그렇게 말했다.
"잊을 리가, 없잖아……."
울 듯한 얼굴로, 그 말만 하는 게 고작이었다.

"그날과 같은 냄새가 나……."
그녀의 귀에 대고 속삭인다.
"……당신 속에 나를 남기고 싶어……."
그녀는 그렇게 말하고, 쑥스러운 듯 작게 웃었다.

그 말에 가슴이 아플 정도로 세게 조여와
생각이 멈추었다.

여유 따위 눈곱만큼도 없었다.
그녀의 입술에 강하게 내 입술을 겹쳐 혀를 휘감는다.
그녀 또한 혀로 그것에 응한다.
격하게 키스를 반복하면서 기세 좋게 침대로 쓰러져
약간 땀이 밴 옷 속으로 주저 없이 손을 넣는다.

"……미안, 부드럽게 못 할 수도 있어……."
거칠어진 숨을 내뱉으며, 간신히 그렇게 말했다.
그녀는 손을 살짝 내 볼에 댔다.

"……부드럽게 하지 마."
그녀는 울고 있었다. 하지만 그날의 눈물과는 다르다.
왠지 안도한 듯한, 마음속이 채워진 듯한
곱고 아름다운, 눈물이었다.

오전 7시 30분, 그 여인의 모든 것을 갖고 싶어진다.

그녀를 오래도록 짝사랑하고 있었던 때에는,
무려 띠동갑 연하인 나 따위 상대를 해 줄 리가 없다고 생각했다.
그런데 그녀는, 나를 선택해 주었다.

그녀의 모든 것을 갖고 싶다. 그런 감정이 내 속을 헤집고 다닌다.

나는 그녀의 몸 전체에, 천천히 시간을 들여 키스했다.
나의 흔적을 남기려는 듯.

먼 하늘 저편, 마음을 실어

끝없이 넓고 푸른 하늘 저 너머에는
분명 상상도 할 수 없는 미래가 기다리고 있겠지.

그럼에도 지금, 내가 소중히 하고 싶은 것은 확실히 이곳에 있어.
내가 당신과 머무는 것을 선택한 거야.
나는 당신을 행복하게 하고 싶다고 생각했어.

그것만으로 좋아. 그것만이 지금 나의 모든 것이니까.

나의 사랑스러운 사람

그는 내가 나로 있는 것을 허락해 주는, 유일한 사람. 나는 그를 사랑해.
언제까지고 함께 있고 싶어. 내내 곁에 딱 붙어 있고 싶어.
그런 마음이 넘쳐서, 가끔 문득 두려워져.
정말, 나로 괜찮아?
더 멋대로 지내도 돼?
영원을 믿어도 돼?
당신과 함께하는 먼 미래를 상상해도 돼?
당신은 나의, 무엇보다도 특별하고 사랑스러운 사람이니까.

나의 귀여운 사람

"내가 연상이어서 다행이야. 보통 여자가 더 오래 산다고들 하니까……
조금이라도 긴 순간을 자기하고 함께 살아 있고 싶어."
조금 쓸쓸한 듯 웃으며 그녀는 말했다. 만약 혼자였다면 쓰러져 울었을 수도 있다.
그녀와 언젠가 가족이 되면 좋겠다는 자그마한 소원,
그 아득히 먼 미래를 그녀는 마음속에 그리고 있었다.
그것부터가 이미, 기적이라 생각했다.
그녀를 좋아한다. 사랑한다. 훗날 어떠한 모습이 될지라도 그녀는 내게 있어 영원히,
언제나 오직 단 한 명의 귀여운 사람이다.

되돌리고 싶은 사랑

그녀와 연인 사이가 되고 3년이 지났다.
부족한 부분을 그저 메우는 것만 같은 연애.
최근 들어 까닭 없이, 그녀를 사랑했던 시절의 일들이 떠오른다.

"미안, 기다렸어?"
그녀의 목소리에 현실로 돌아오게 됐다.
가슴이 덜컹했다.

그녀는, "능력 있는 여자는 틈을 보이면 안 돼"라는 이유로,
언제나 긴 머리카락을 꽉 묶고 있었다.
마치 갑옷을 입는 병사처럼.

하지만 지금, 눈앞에 있는 그녀는
긴 머리카락을 풀어 부드럽게 나부끼고 있고,
그 모습은, 그녀를 좋아하게 됐던 그 무렵과 똑같았다.

사랑스러운 기억이 되살아난다.
아아……. 나는 어째서 소중한 것을
과거에 둔 채 잊고 있었던 것인지.

"……있지, 이번에, 1박이라도 괜찮으니 어디 놀러 갈까?"
"뭐?"
"요즘 그런 생각이 들어. 나에겐 일도 굉장히 중요하지만,
그 이상으로 당신이 소중하다고."
"……."
"나, 당신을 제대로 바라보지 못했어.
당신밖에 보이지 않았던 그때보다는 어른이 됐지만,
굉장히 소중한 것까지 젊은 시절에
둔 채 잊어버린 것 같아서……."

"한 번 더, 그때처럼……당신과 사랑하고 싶어……."

조금 젖은 그녀의 눈동자는 정면으로 나만을 바라보고 있었다.
나는, 그녀의 손을 꽉 쥐고, 그녀의 귀에 입을 가까이 댔다.

"한 번 더, 너를 진심이 되게 할게. 그때보다 더……."

러브코스메 X 히라이즈미 하루나 타이업 작품

러브코스메 X 히라이즈미 하루나 타이업 작품

돌아갈 장소

오래도록 맺혀 있던 기분이, 있어야만 할 장소로 돌아간다.
그런 밤이었다.

격하게 키스를 반복하면서 서로의 목욕가운을 벗겨 내고
그의 머리카락에 두 손을 넣어 이쪽으로 체중을 싣게 한다.
우리들은 기운차게 침대로 쓰러졌다.

긴 애무였다.
그의 손에 닿은 모든 부분이 열기를 갖고 뜨거워진다.
그의 긴 손가락이 원하는 장소에 들어가, 탐색하듯 내 속을 휘젓는다.

몸 안쪽에서 넋을 잃을 정도로 뜨거운 쾌락을 느꼈다.
"아……."
창피해질 정도로 무언가가 흘러나오는 것을 알았고
수치심에 나도 모르게 손으로 얼굴을 덮었다.
그는 그 손을 잡고, 아주 조금 울 것 같은 목소리로 속삭였다.
"얼굴, 보여 줘."

꿰뚫을 듯한 뜨거운 눈동자는 과거의 추억을 회상하게 했다.
아아……어째서 나는, 이 느낌을 잊고 있었을까?

그를 좋아하고, 사랑해서,
연인이 된 날은 꿈이 아닐까 싶어 한숨도 자지 못했다.
행복은 오래가지 않는다는 말을 종종 들었기 때문에,
지나치게 행복해지지 않도록 필사적으로 자신을 단속하고 있었을지도 모른다.

그의 체온에 휩싸이면서
안타까웠던 거리가 급속히 좁혀져 간다.

나는 소중한 것이 미끄러져 내려가지 않도록
필사적으로 그의 등에 달라붙었다.

"좋아해."

갑자기 귓가에서 낮게 속삭이는 소리.
그것은, 오래도록…… 듣고 싶었던 말이었다.

선물은

"크리스마스에 만나러 갈게."
그가 없는 긴 시간 속에서,
그 말만이 나를 지탱해 주고 있었다.

"응? 왜 그래?"
나도 모르게 웃음이 흘러나왔던 건지, 그가 내 얼굴을 유심히 보았다.
"……아니. 그냥, 지금 주체할 수 없을 정도로 행복해서……
꿈은 아니겠지 싶어서."

그는 말 대신에 나를 꽉 껴안았다.
잊혀 가던 그의 체온과 강한 힘.
아아, 그래……. 오래도록 이것을 원했다.

"내년 크리스마스에는 새집에서 함께 치킨을 먹자."
"뭐?"
"아, 그러니까……미안, 순서가……."

그는 일단 몸을 떼고 내 눈을 똑바로 응시했다.

"봄이 되면, 같이 살자.
날마다 돌아올 집에, 있어 주면 좋겠어. 그러니까……가족으로서."
"……!!"
"왠지 나, 거의 한계인 것 같아.
최근에 네 SNS까지 볼 수 없게 돼서 말이야,
한심하지.
……나만 이런 식으로 생각하는 거야?"
"……그렇지, 않아. 나, 나도……."

눈 안쪽이 뜨거워진다. 손발이 떨린다.
말이 막히고, 목소리가 나오지 않는다.
……이건, 꿈 아니지?

그는 나의 차가워진 볼에 손을 댔다.
"……저하고 결혼해 주겠어요?"
"네……."

그것은 어둡고 긴 터널로부터
드디어 한 점의 확실한 빛이 보인 순간이었다.
눈물로 번져 흐릿해진 수많은 빛은 하나의 커다란 빛이 되어,
미래로 이어지는 긴 길을 굵고 확실하게 비추기 시작했다.

넘어선 그 다음

아침에 일어나면 옆에서 자고 있는 너의 숨소리가 들려온다.
아직 그 감각에 익숙해지지 않아서 덜컥 놀란다.
천진하게, 무방비 상태로 자는 얼굴. 입은 반쯤 열린 채.
자연스레 웃음이 흘러나온다.

귀여워…….

이런 아침을 언제까지고 너와 맞이하고 싶다.

CHAPTER 3

온화하고 다정한 사랑에 에워싸여

Surrounded by peaceful love

분홍색 키스에 소원을 담아서

"우리, 키스하자."
그녀는 항상, 내가 그녀를 원하는 순간을 놓치지 않는다.

온화하고 따뜻한 분홍색 빛이 그녀를 비춘다.
눈동자가 보드라운 빛에 흔들린다. 흰 살결이 발그레하게 보인다.
부드럽게 부푼 입술이 나를 유혹한다.

그녀의 얼굴에 살짝 손바닥을 댄다.
귓불을 조금 손끝으로 어루만지자
그녀는 눈을 감은 채 움찔 몸을 떨었다.

계속 바라보고 싶어……
그런 생각이 들 정도로, 그녀의 모든 것이 아름다웠다.

"……애타게 하지 마."

스러질 듯한 목소리로 그녀는 나에게 호소했다.
나는, 그녀의 손을 부드럽게 꼭 쥐고
천천히, 입술을 겹쳤다.

이 순간이 영원히 이어지면 좋을 텐데.
그런 소원을 빌지 않을 수가 없었다.

'지금'이 '과거'가 되어도

지금 팔 안에 있는 그녀에게서 느껴지는 온기는
이윽고 어제라는 과거가 되고,
시간은 그것을 '추억'으로 만들어 버릴지도 모른다.

이 사랑스러운 존재를 어떻게 하면 쭉
내 것으로 둘 수 있을까 생각한다.
그런 어쩔 도리 없는 불안이 머리를 스쳐
아무런 말 없이 그녀를 꽉 껴안았다.

오후 1시 15분, 그것은 평온하고 달콤하여

오늘은, 오랜만에 두 사람의 시간이 겹치는 날.
서로 일이 바빠서 만날 수 없는 시간이 압도적으로 많았지.
그저 같은 시간을 같은 공간에서 보내는 것은
지금 우리에게 무엇보다도 소중하고 필요한 일이었어.

당신과 함께 서로의 심장 고동을 확인하며
어두워질 때까지 포개어 있고 싶어.
평온하고 달콤하고 부드러운, 무엇과도 바꿀 수 없는 시간.

자기 본위인 것

내가 당신을 위해 하고 싶다고 생각하는 일은
모두 나 자신을 위한 것이란 걸 깨닫고 말았어.
이렇게 자기 본위인 감정을 사랑이라 할 수 있는 걸까?

그렇게 생각하고 있는데, 당신이 중요한 사실을 알려 주었지.
'너의 행복'은 '나의 행복'.
그것은 당신을 진심으로 사랑하고 있기 때문에 생겨난 감정이라고.
나, 이렇게나 당신을 사랑하고 있어.

깨닫고 보니 그곳에 있는 것

오후 11시 30분, 모두 잠들어 고요해진 밤길을 그와 나란히 걷는다.
여름 끝자락의 뜨뜻미지근한 바람을 느끼면서 문득 생각한다.
행복하구나…….
그가 있고 내가 있다.
그 이상도 그 이하도 아니다.
너무나도 자연스럽고, 너무나도 평범하게
나를 채워 주는 존재가 그곳에는 있었다.

한 줄기 빛나는 길

길고 괴로웠던 장거리 연애는,
나를 위해 이렇게 행복한 미래를 준비하고 있었다.

끝나버리지는 않을까 생각한 적도 있었다.
'이별'이 현실이 될 뻔한 날도 있었다.
그래서, 아직 꿈속에 있는 것일지도 모른다는 생각이 들기도 한다.

"왜 그래?"
그가 내 얼굴을 살핀다.
"……잊고 싶지 않아, 지금 이 기분…… 추억 같은 걸로 만들고 싶지 않아.
……무슨 말인지, 알겠어?"
눈물을 글썽이며 말하는 나를 그는 부드럽게 껴안으며, 얼굴을 어루만졌다.

"분명 이제부터 싸움도 무지 많이 할 테고,
네가 나를 싫어하게 되는 날도 올 거고,
괴상한 벌레가 다가와서 마음이 흔들리는 날도 있을지도 몰라."
"……뭐야~. 불길한 이야기를……."
"그래도……네 안에 내가 있고, 내 안에 네가 있을 거야. 평생.
그러니까 어떤 일이 생겨도 반드시 되돌릴 수 있어. ……무슨 말인지, 알겠어?"
"……응."

눈 안쪽에서부터 뜨거운 것이 복받쳐 흘러내릴 듯한 순간,
그가 나를 안아 올렸다.
놀라서 소리를 지른 나를 그는 밑에서 올려다보며, 온 얼굴에 미소를 띠고 말했다.

"내일부터 잘 부탁해요, 부인?"
"……네. 서방님."
"……지금 그거 좋은데. 왠지 뭉클했어. 한 번 더 말해 줘."

무자각 서프라이즈

"근데 있지. 만약 내가 같이 죽자고 말한다면, 뭐라고 할 거야?"
"……그렇게 약한 멘탈로 키운 적이 없다며 화내겠지."
"아하하! 그리고?"
"…… 같이 살자, 라고 설득해야지. 둘이서 즐거운 인생을 만들자고.
함께, 나이를 먹어 가자고."
"……."
"엇? 뭐야? 우는 거야?"
"뭐야! 너무 갑작스러운 얘기잖아……!"

있는 그대로의

"……어, 왜 그래?"
"아니, 그냥……잠시 이렇게 있어도 돼?"
따뜻하다. 아내에게 안긴 상태로 몸의 힘이 빠져 간다.

"무슨 일이 있었는지 모르겠지만, 집에서는 괜찮은 척하지 마."

아내는 아무것도 묻지 않고, 다만 부드럽게 나를 계속 껴안아 주었다.
있는 그대로 지낼 수 있는 장소가 있다는 사실에 그저, 마음이 놓였다.

새해가 되어

"올해도 둘이 함께 새해를 맞았네. 내년에도 둘이서 해를 넘길 수 있으면 좋겠어."
"글쎄, 잘 모르겠는데."
"뭐?"
"나하고 너하고, 아주 작은 존재가 조금씩 늘어날 거니까,
계속 둘만 지내는 건 안 될 수도 있지 않을까."
"……!"
당연한 듯 지낼 수 있는 행복을 문득 느낀다.
이 당연함을, 계속 오래도록 지키고 싶다.

CHAPTER
4
다만 사랑받고
싶을 뿐인데
Just wanted to be loved

사랑하며, 돌고 도는 계절

사랑하고서야 깨달았지.
내가 보는 그녀는 항상 옆모습이고,
그 시선은 누군가를 뒤쫓고 있다는 것을.

사랑하고서야 깨달았지.
그녀의 맑은 눈동자 속에는, 나와 같은 슬픔이 맺혀 있다는 것을.

일방통행인 수많은 감정은
결코 얽히는 일 없이 오로지 계속 나아만 간다.

숨도 쉴 수 없을 것 같았던 긴 여행을 끝내기 위해
전해야만 했던 한마디를 하지 못한 채.

전해지면 좋겠다고 바라면서도
전해지지 않으면 좋겠다고 바라게 되는
모순을 품은, 그 한마디를.

비가 개고, 봄이 끝을 고할 무렵, 전해도 되려나.
끝이 보이지 않는 길을 평행하게 계속 나아가던 두 가닥의 실이
마치 문득 변덕이 생긴 것처럼 서로 얽히는 일이 생길 수도 있으려나.

좋아하는 사람의 친구로 지내는 일

"요즘 여자 친구랑 어때?"
좋아하는 사람에게 이런 걸 묻게 되는 나.
그는 아무런 의심도 없이 나에게 여자 친구에 대한 고민을 상담하고는
"네가 있어 줘서 항상 도움이 돼, 고마워."
라고 웃는 얼굴로 말을 하고, 나도 "상담료는 학교 매점 고로케 빵이면 돼."
라는 농담으로 대답하고.
가장 가까운 듯하면서 가장 먼 자리.
……어째서 이런 위치에 선 거니, 나는.

울려 퍼지는 학교 종소리와 함께

"좋아해요. 어찌할 수 없을 만큼……선생님을 좋아해요."
선생님의 특별한 존재가 되고 싶었다.
선생님에게 한 사람의 여자로서 사랑받고 싶었다.
선생님이기 때문에 좋아하게 된 거잖아요.
당신이니까, 당신이었으니까.

짓누르는 듯 울려 퍼지는 학교 종소리는 모든 것을 담담히 방관하고 있었다.
그런 기계음에 왠지 마음이 놓여, 나도 모르게 눈물이 흘러나왔다.

하룻밤의 정염(情炎)

당신 따위 이젠 싫다고 생각할 정도로
두 번 다신 만나고 싶지 않다고 생각할 정도로
밝은 빛 아래로 돌아갈 수 있게
나를 망가뜨려 줘. 엉망으로 만들어.

처음이자 마지막인 강한 감정.
구원을 바라는 듯, 우리들은 그저 계속해서 서로를 안았다.
아마……두 번 다시 이런 밤은 오지 않겠지.

‘사랑해’라는 말 대신

서로 껴안을 때가 아니면 그를 느낄 수가 없어서
공유할 수 있는 추억도 없어서
혼자 있는 침대가 외로워서
사랑한다는 말을 삼켜 버렸지.

부끄러움 따위 1밀리미터도 없었어.
부탁이야. 나를 느껴. 한순간일지라도 나를 사랑해 줘.
나를 잊지 마. 좋아해. 정말 좋아해. ……사랑해.

MAPUTI X 히라이즈미 하루나 타이업 작품

달빛이 내린 등

"이제 갈게."
반드시 막차보다 한 대 이른 전철로 귀가하는 그는
아직 달이 훤히 비추는 가운데 재킷을 입었다.
그 행동이 증명하고 있는 사실은
아직도 내 가슴을 따끔하게 찌르지만,
그런 아픔에도 이젠 익숙해졌다.

"다음엔 언제 만날 수 있어?"
라고는 묻지 않는다. 나는 그저 기다릴 뿐.
분명 앞으로, 그와 아침 햇볕을 흠뻑 쬐면서
사랑스러운 하루의 시작을 공유하는 날은 오지 않을 것이다.

"그럼……."
변명하듯 내 이마에 키스하고
그는 등을 보였다.
그의 등을 가만히 보면서
어째서 그의 1번이 될 수 없는 것인지 하는,
고민해도 별 수 없는 생각을 한다.

드르륵 거실 미닫이 창문을 열자,
아직 조금 냉기가 남은 바람이 불어 들어왔다.

앞으로 조금만 더.

그래, 적어도 이 바람이 축축한 여름 공기로 바뀔 때까지는.
흘러나올 듯한 눈물을 참으며,
나는 조용히 창을 닫았다.

『가지 마』
그 단 한 마디를 말하지 못하고
그래도, 그래도 역시 나는……

……알고 있어.
그래도, 가 버리지 않으면 좋겠다고
바라게 되지.

당신이 돌아보게 만들고 싶어서
어른 흉내를 내며
여성스러움을 무기로 하는 거야.

당신을 원하고 있어요.
나만을 바라보면 좋겠어요.
그저, 그것뿐이에요.

이어짐

비록 당신이 나를 좋아하게 되지 않더라도,
비록 당신이 다른 누군가를 사랑하고 있었다고 할지라도,
그래도, 나는 당신을, 사랑해.
내 감정에 맞출 수 없어서 미안하다는 식으로는 생각하지 마.
이 감정은 내 것이니까 당신이 무언가를 생각할 필요는 없어.
만나 주어서 고마워.
이런 감정이 들게 해 줘서 고마워.

Sweet time for lovers

아~, 어떡해.
최고였어…….
본 적 없는 경치가
눈에 보인 것
같아.
영광이에요.
…한 번 더 해?
엇!!
…나는 괜찮지만
넌 괜찮은 거야~?
나를 누구라고
생각하는 거야?
아직 난
현역이거든.
헤-, 대단한데?
그러면, 다음엔
어떤 설정으로
할까?
으-음…….
인턴 의사와
유부녀.
아하하!
뭐야~. 이상해.

사랑해…….
영원히
같이
있어 줘…….
사랑해.
……!!
뭐야!!
완전 취했잖아.
정신 차려.
으~…….
……정말
이 남자는…….

아니, 근데 여러 가지 문제가
……안 돼. 더 할 거야.
……으음.
너, 계속 이러면 좀…… 일단 멈춰 봐.
……괜찮아. 내가, 하고 싶으니까.
……응? 하자.

자기, 가슴 만지게 해 줘.
뭐어~, ……근데, 벌써 만지고 있잖아.
하아~, 부드러워……. 만지고 싶을 때 좋아하는 여자의 가슴을 만질 수 있다니 너무 행복해서 울고 싶어…….
왠지 치사해. ……나도! 에잇!!
앗, 야! 이러지 마!!
……음 부드럽지 않잖아-. 다시 부드럽게 해-.
노력 하겠습니다…….

네 손으로
만져 봐.
……뭐?
오늘은 내가…….
너의 예쁜 곳이
야하게 있는 모습
보여 줘.
싫어…….
응? 어서.
아앗…….

앗, 잠깐만.
창문
열려 있어…….
응.
앗, 자기…….
창문 좀
닫은 뒤에…….
밖에 들릴 수
있으니까
소리 안 나게
참아야 해.
아니…….
아…
안 돼.
소리 내지 마.
아…….
이러지 마.
……읍.

……여기서 안고 싶어. 다, 보여줘.
자기…….
침대로 안 갈래?
응……?
싫은데.
그럼 불이라도 꺼 줘…….
안 돼.
읏……. 나, 부끄럽단 말이야.

귀여운 목소리, 들려줘.
싫어. 으응…….
참지 말고 소리 내.
읍…… 하지만…….
……여기?
아…… 거기, 안 돼…….

보고 싶었…… 다구……!!
냄새 많이 맡을래! 킁킁 킁킁.
야. 이봐.
하하하. 왠지 여러 가지가 넘치는 것 같아.
오늘은 계속 이대로 있을 거야!!!
알았어. 알았다고.

후후……, 무거워?
응. 아주 묵직해. 약간 숨이 막히는데?
내 사랑의 무게야.
그렇구나……. 그렇다면 제대로 받아 주지.

CHAPTER

5

쾌락이라는 달콤한 꿀

Sexual pleasure

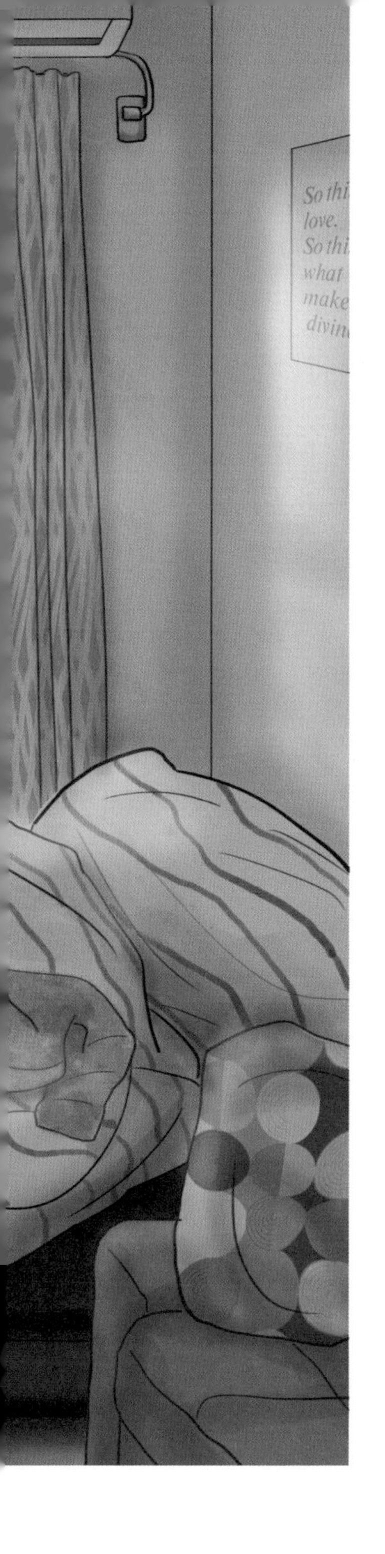

두려움과 각오

"두려워?"
"……아니, 두렵긴 무슨."

그는 피식 웃더니, 곧바로 내 이마에 키스했다.
커다랗고 뜨거운 손이 옷 속으로 쑥 들어와
간지러워서 나도 모르게 등줄기가 곤두섰다.

귀에서 뜨거운 숨결이 느껴졌고,
이어서 뜨거운 것이 목덜미로 내려온다.
그의 혀가 민감한 부분을 부드럽게 어루만져 간다.

"아아……."

나도 모르게 목소리가 새어 나간다.
마치, 내 목소리가 아닌 것 같다…….
등에서 탁하고 브래지어 훅이 풀리는 것을 느끼고
갑자기 왠지 불안정한 기분이 들어
몸이 미세하게 떨리기 시작했다.

"괜찮아……. 부드럽게 할게."

그는 나를 세게 껴안고, 귀에 대고 그렇게 속삭였다.
들은 적도 없을 정도로, 다정한 목소리.

"너는 나만 생각하고 있어."

나를 유일하게 여자로 만드는, 너무나 남자다운 남자.
내내 그와 하나가 되고 싶었다.

격렬히 입술을 겹친다. 몇 번이고 몇 번이고.
"좋아……."
감정이 넘친다.
"좋아, 좋아해."

……나는 분명히, 이 사람을 지나치게 사랑하게 되겠지.
구속당하고 사로잡히고,
더는 원래의 장소로는 돌아오지 못하게 되겠지.

그래도. 그럼에도 나는…….

러브코스메 X 히라이즈미 하루나 타이업 작품

밤에 피어나는 욕정이라는 꽃

한숨 돌릴 타이밍을 알 수 없어서
필요 이상으로 숨이 거칠어져 간다.

억누를 수 없는 내 안의 목소리가
그의 입술과 뒤섞인 틈새로
한숨과 함께 몇 번이고 새어 나온다.

이런 키스, 알지 못한다…….

끝없는 바닷속으로

체온을 느끼고 싶어서
지금, 나는 살아 있다는 걸 제대로 느끼고 싶어서
필사적으로 혀를 그의 입에 밀어 넣어 휘감는다.
살짝 바다 내음이 입 안에 퍼졌지만,
이윽고 익숙하고도 친숙한 그의 내음에 휩싸였다.
바다에 삼켜져서, 사라질 것만 같았던 마음도 몸도
그가 있는 곳으로 돌아가고 있다.
행복한 이 현실에, 이유도 없이 울음이 나올 것만 같다.

가장 가깝게 느꼈던 밤

"아야……."
"부딪쳤어?"
"후훗, 좁아."
"역시 호텔로 갈까?"
"싫어. 나는 지금 여기서, 하고 싶어."
"무지 적극적인데."
"여자도 성욕은 있거든? 하고 싶다고 생각하는 순간,
하고 싶은 거, 전부 있다구. ……이런 여자, 싫어?"
"전혀 아니지. 최고입니다."

나는, 뒤로 젖힌 시트에 누운 그의 위에 올라타서
천천히 입술을 겹쳤다.
입술을 혀로 어루만지는 듯 핥고 있으니
그는 안달이 난 듯 혀를 내 입 안으로 쓱 밀어 넣었다.

타액이 뒤섞이는 소리가, 좁은 차 안에 울려 퍼진다.
그와 동시에 하반신으로 파고들어 온 그의 손가락 끝에서
액체가 휘저어지는 소리도 나고 있었다.
한숨 섞인 깊은 숨소리가 띄엄띄엄 목구멍 깊은 곳에서부터 솟아 나오더니
그것은 이윽고 커다란 덩어리가 되어 내뱉어졌다.

"아……아, 이젠 안 돼."
"아직 일러. 참아 봐."

그런 건 가능할 리도 없고, 몸은 그 쾌락에 솔직하게 삼켜져 간다.
뇌 속이 마비되고 몸속이 경련하고, 산소 결핍에 가까운 고통과 함께
온몸에서 순식간에 힘이 빠져 그에게 푹 기댔다.
그는 몸의 방향을 바꾸어, 나를 시트에 기대어 눕게 했다.
녹초가 되어 늘어진 나를 위에서 바라보며, 귀에 얼굴을 갖다 댔다.

"좋은데, 무지 자극적이야."

낮은 속삭임을 듣고, 다시금 몸속이 새로운 쾌락을 원하며 뜨거워진다.

"빨리, 넣어."
"말 안 해도 돼. 미안하지만 부드럽게는 못 해. 입, 막고 있어."

그는 주저 없이 내 속으로 들어왔다.
그를 원하고 있던 그곳이 순식간에 채워져 간다.
좁아서 움직이기 힘들어 보이지만, 그래도 필사적인 그의 모습이 눈앞 가득 펼쳐진다.
평소보다 훨씬 가까운 그의 존재에, 주체할 수 없는 사랑스러움이 넘쳐나서,
나도 모르게 울어버릴 것 같다.

도덕을 등지고 싶은 마음은 욕정에 박차를 가한다.
더욱 더럽혀 줘, 더욱 고통스럽게 해 줘.
몸속이 그렇게 외치면서 그의 모든 것을 가지려고 한다.

이것은 성욕? 애욕? ……어느 쪽이건 상관없다.
지금, 그에게 안기고 싶다고 생각했다. 그리고 그 마음은 이루어졌다.
그 사실만으로도, 좋다.

새어 나올 것 같은 목소리를 필사적으로 누르면서, 그저 오로지
눈물에 흐려진 그의 모습을 계속 바라보았다.
그의 눈동자는 확실히 나만을 보고 있었다.
어렴풋한 달빛에 반사된 그의 눈동자 깊은 곳에는
나의 더러운 점을 모두 받아들여 줄 것 같은, 다정함이 있었다.

그렇게 여자로 돌아간다

“여자는 여자답게.”
옛날부터 그런 말을 듣는 것이 몹시 싫었다.
거대한 조직 안에서 여자답게 있는 일은
괴로운 싸움을 하며 꿋꿋이 살아내는 것을 포기하는 일이다.
그래서 나는, 항상 여자다움을 버리고
꼿꼿이 허리를 펴고 살아왔다.

하지만, 단 한 사람.
그의 앞에서만, 나는 내 뜻으로
여자로 있고 싶다고 생각하게 됐다.

그의 긴 손가락 끝이 내 볼을 부드럽게 어루만진다.
귓가에 뜨거운 입술이 닿고,
그대로 귓불을 살짝 깨문다.
나도 모르게 달콤한 목소리가 새어 나오고, 몸이 미미하게 떨렸다.

“……예뻐.”

귓가에서 속삭이는 말, 그 낮은 목소리만으로도
온몸이 어찌할 수 없을 정도로 느끼게 된다.
그는 짧은 키스를 연이어서 하며
나를 침대로 눕혔다.
그리고 몸 전체에 나를 안달하게 하는 듯한
가벼운 키스를 떨어뜨려 나간다.

“아……좀 더.”

나도 모르게 나온 진심 가득한 말에, 그는 다정하게 웃었다.
그리고 대답 대신, 격렬히 입술을 겹쳤다.

그의 눈동자가, 나를 도발한다.
그의 입술이, 나를 달콤한 세계로 끌어들인다.
그의 혀가, 나를 여자로 만들어 간다.

형형색색의 네온 불빛에 휩싸이며
나는 오늘도, 당신만의 여자로 돌아간다.

I loved me
as much as
I loved him

젖고, 섞이고, 흘러 들다

들려오는 건
뜨거운 물이 튀는 소리와
서로의 작은 숨소리뿐.
꽉 잡힌 나의 허벅지
드러난 그 안쪽에서
물과는 다른 축축함이 느껴지고 달아오르기 시작한다.

수증기로 시야가 흐려져,
그것이 더욱 맺혀 있던 쾌락을 끓어오르게 한다.
지금 이러고 있는 것이,
현실인지 꿈인지 알 수 없을 듯한 감각에 빠져,
문득 불안한 마음에 정신이 들었다.

아주 조금 눈을 떠 본다.
애절한 듯한 그의 표정이, 수증기 사이로 슬쩍 보이고
몸이 화끈해지는 것은
뜨거운 물의 온기 탓만은 아니라는 걸, 깨닫는다.

아아……. 이 사람은, 나에게 빠져 있다.

모든 것이 녹아 서로 섞여가는 이 공간에서
처음으로 확신했다.

코끝이 시큰해 왔고
눈에서 뜨거운 것이 넘쳐 나온다.
그것은 연이어 흘러내리는 물과 섞여
마음속에서 내내 소용돌이치고 있던 것을
아름답게 씻어 내렸다.

같은 장소로, 드디어 지금, 흘러들었다.

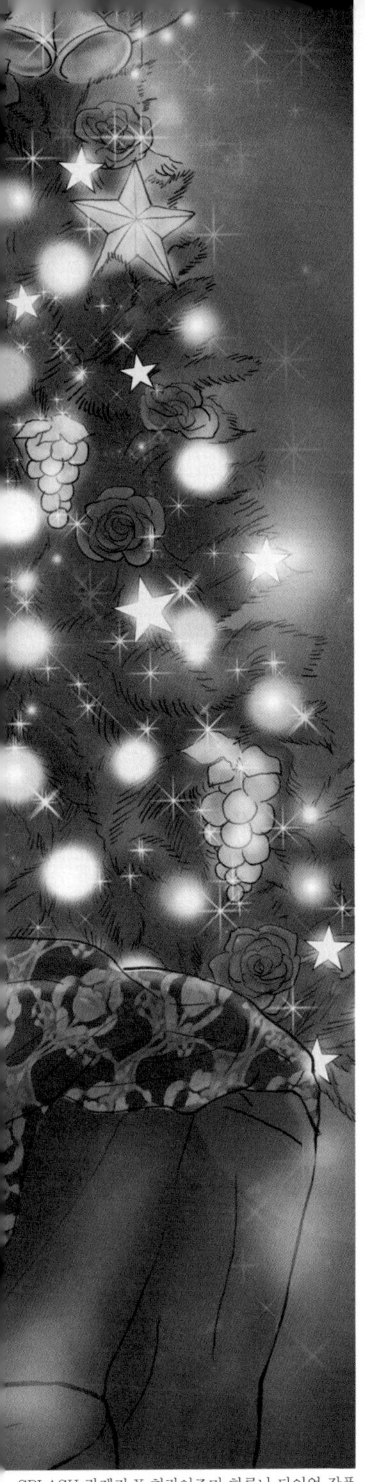
SPLASH 란제리 X 히라이즈미 하루나 타이업 작품

크리스마스 디너 뒤에는,
달콤한 디저트를

처음 입은 섹시한 란제리.
몸을 뒤덮은 수많은 곡선은 나를 좀 더 '여자'로 바꾸고,
"당신은 야해도 괜찮다."라고
어디에선가 알려 주고 있는 듯한 느낌이 들었다.
눈부시게 화려한 원피스와 액세서리 그 속에
이것을 걸치고 있다고 생각하니 묘하게 마음이 흥분되었다.

디너는 끝났다.

빨리 원피스를 벗겨 줘——.
역시나 말을 할 수는 없고
그를 도발하려는 듯
소파에 앉은 그의 위에 올라탄다.

두근두근했다.
그가 나를 올려다본다.
뜨거운 기대를 담은 눈으로.

뼈가 앙상한 그 커다란 손이
등 쪽 지퍼를 천천히 내린다.
생생히 느껴질 정도로 여자가 된 나의 몸이
반짝반짝 점멸하는 전구 장식 아래, 그대로 드러났다.

억누를 수 없을 정도로
그에게 천천히 조금씩
벗겨지고 싶은 충동에 휩싸인다.

하지만 오늘 밤은 이것을 벗지 않겠어.
그렇게 마음먹고 있었다.

"입은 채로 해 줘."

그 말만 하고, 나는 그에게 모든 것을 맡겼다.

돌이킬 수 없을 정도로 나를 더럽혀 줘.
그 손으로, 그 입으로
당신 이외엔 사랑할 수 없을 정도의
몸으로 만들어 줘.

그날의 아픔이 나를 계속 붙든다.
그래도 나는 이것이 사랑이라고
생각하지 않을 수 없다.
……사랑이란 건, 뭘까.

모두 다 벗겨 줘
모두 다 들춰내 줘
내가 나로 존재할 수 없을 정도로.

엇갈림도 의심도 다툼도
어떻게 해도 닿지 않았던 거리도
전부. 모두 다 메워 줘.

달밤의 유혹

"키스해도 되겠습니까?"
그의 커다란 손이 내 머리카락을 쓸고 내려가 그대로 목덜미에 얹힌다.
잠깐만요, 라는 말이 나오기 전에 입술이 강하게 겹쳤다.
그의 혀 점막으로부터 커피 향과 시트러스 향이 내 입안으로 파고들어 와
쌉쌀함 뒤에 끈끈한 달콤함이 뇌에 퍼진다.

……당신을, 앞으로 더 좋아하게 돼도 괜찮은 거야?
성스러울 정도의 달빛이 겁쟁이인 나를 시험하고 있는 듯 느껴졌다.

CHAPTER 6

이별, 그리고 그 다음으로

A head of there after the parting

그날의 선택 vol.1

그를 좋아하게 될 수 있을 거라 생각했다.
내 속에서 오래도록 꺼지지 않았던 불꽃을
온화하고 부드럽게 꺼 줄 거야.
그렇게 생각하고 그의 상냥함을 받아들였다.

언제부터였을까
그에게 안긴 채 그 사람을 투영시키기 시작했던 것은.

어디서부터 나는 잘못되어 버린 걸까.

"……미안해. 나는 역시……"

말이 끝나기도 전에 강한 힘이 날 끌어안았다.
다음에 나올 말을 온 힘을 다해 가두려는 듯이.

"무슨 일이 있어도 너를 계속 좋아할 거니까.
지킬 거니까…… 그러니까……."

그의 말은 스러질 정도로 작아지더니
이윽고 끊어졌다.

억누를 수 없는 슬픔이 몸 전체로 전해온다.
팔을 등으로 휘감고 싶어지는 것을 꾹 참고
지금밖에 없다는 생각에
꺾어질 것 같은 나 자신을 필사적으로 일으켜 세웠다.

그날의 선택 vol.2

만났을 때부터, 그녀 안에 그 사람이 있었다.
그런 그녀를 좋아하게 됐기 때문에
당연한 듯 모든 것을 받아들일 수 있을 거라 생각했다.

사실은, 자신감 따위 있을 리 없었다.
그래도 어떻게든 그녀를 내 곁에 매어 두고 싶어서,
괜찮은 척하며, 좇아가서, 매달렸다.

내내 생각하고 있었다.
어째서, 그녀인 걸까 하고.
언제나 그녀의 눈에는 그 사람밖에 보이지 않고
지금의 그녀를 만들어낸 사람은 내가 아닌데.
너무나도 허망하지 않은가.
너무나도 딱하지 않은가.

하지만 그녀가 내 곁을 떠난 뒤 깨달았다.
나는 나를 그렇게 바라봐 주기를 바랐던 거다.
온 힘을 다해 사랑하고 있는 그녀가 멋졌다.
그녀에게 온 힘을 다해 사랑받는
그 사람이 부러웠다.

그래서 나는 그녀를 좋아하게 됐다.
사랑을 하는 그녀였기 때문에
나는, 그녀를 택한 것이다.

그랬구나……. 필연이었던 거야.

나는 사랑을 해서 좋았다.
바라던 미래와는 달랐지만
나는 분명, 단 한 사람을 온 힘을 다해 사랑했다.
그녀가 그러했던 것처럼.

깊이 빨아들이고 내뿜은 담배 연기는
공중으로 날아올라, 조금씩 형태를 바꾸며 사라져 갔다.
그것은 마치 나의 머지않은 미래를 보여주는 것처럼 느껴졌다.

분명 이것은 다시없을 사랑이었다

키스도 섹스도 하지만, 괜한 간섭은 하지 않는다.
다만 달콤한 시간을 보내는 것뿐.
그렇게 딱 편한 관계는, 모든 것이 순조로웠다.
오늘까지는.

"만나는 건 오늘로 끝내려고 해. 여자 친구가…… 생길 것 같아서."

"싫어, 끝내고 싶지 않아…… 조금 더 만나 줘, 제발……."

한동안 침묵한 뒤, 그는 괴로운 듯한 표정으로 말을 꺼냈다.
"……미안. 그렇게 할 순 없어. 네가 가장 잘 알고 있잖아."

그래. 당신은 그런 사람이지.
그래서 이렇게나…… 원했던 거야.
원하고 있었다는 것을, 이제 와서 깨닫게 됐어.
그는 더는 아무런 말도 하지 않고, 가만히 돌아섰다.
지금 그 등을 힘껏 부둥켜안아도, 분명 이미 늦었겠지.

이대로 영원히

그녀가 나를 두고 가 버리는 것을 용서할 수 없어서
나 없이는 살아갈 수 없는 몸으로 만들고 싶다고 생각했다.

하지만…….
아아, 내가 이미…….
그녀 없이는 살아갈 수 없는 몸이 되어버린 것일까.
처음으로 그녀와 하나가 되고 싶다고 마음으로부터 바랐다.
하나가 되고 싶다. 이대로 영원히…….

끝을 향하는

이것이 마지막 섹스가 될 것이다.
사랑하는 그에게 안기면서 본능적으로 느꼈다.

그가 나에게 준 사랑의 말들이
애절한 달콤함을 풍기며 뇌를 스치고 간다.
숨을 쉴 수 없을 정도의 괴로움을 느끼면서
나는 그의 모든 것을 거두어들이려는 듯
뜨겁게 땀이 밴 몸을 꽉 부둥켜안았다.

사랑하는 당신에게

남편의 장례가 끝나고 2주가 지났을 무렵.
살아 있는지 죽었는지도 알 수 없을 듯한 하루하루를 지내다가,
문득 무언가에 이끌린 듯 남편의 컴퓨터를 켰다.

데스크탑에는 폴더가 하나.
제목은 '사랑하는 당신에게'.

심장이 요동친다.
떨리는 손으로, 폴더를 열었다.

당신이 이것을 읽을 무렵에는 나는 더는 여기에 없을 거라 생각하니,
무어라 표현할 수 없는 기분이 들지만
어쨌든, 당신에게 마지막으로 남길 수 있는 말이 있으면 좋겠다는 생각에
오랜만에 컴퓨터를 열었어.

여명 선고를 받은 날, 나는 세상을 원망했어. 왜 하필 나였어야 했는지 생각했어.
아직 하고 싶은 일도 매우 많이 있고, 무엇보다도…… 우리 둘의 아이를 원했는데.
피가 이어지지 않은 당신과 진정한 의미에서 가족이 되는 방법은 그것밖에 없다고
생각하고 있었기 때문에, 그게 무너져 버렸다는 사실을 견딜 수 없었고, 괴로웠어.

그런데 나는 지금, 신기할 정도로 매우 충족되어 있어.
당신과 시시한 이야기를 나누고 웃고,
당신과 만난 날에 대해 둘이 함께 떠올려 보고,
잡학을 늘어놓고, 저것도 아니고 이것도 아니라며
바보 같은 논쟁을 해 보기도 하고.

당신과 함께 있을 수 있는 모든 시간이 기적처럼 느껴져.
당신에 대한 사랑이 그 어느 때보다 많이 넘쳐나고 있어.

……이런 부끄러운 말은 얼굴을 보고는 좀처럼 할 수 없으니까,
글로 써 둬야 할 것 같아서, 지금 쑥스러운 기분 속에서 키보드를 치고 있어.
정말이지, 이렇게 남겨두지 않으면
평생 전달되지 않은 채 끝나 버릴 테니까.

나는 매우 행복해.
믿지 못할 수도 있지만, 당신이 있어서 그렇게 생각할 수 있어.
당신이 나를 아픈 사람이 아니라 그냥 나로서,
당연한 일상을 당연하게 함께 보내 주는 덕분에,
그렇게 느낄 수 있었지.
나는 마지막 순간까지 당신과 함께 있을 수 있는 럭키맨이야.
지금은 진심으로 그렇게 생각할 수 있어.

만나 줘서 고마워.
선택해 줘서 고마워.
사랑해 줘서 고마워.
곁에 있어 줘서 고마워.
부디, 먼저 가는 것을 용서해 주길.

내가 없어진 뒤에도, 잘 살아 주기를.
잘 챙겨 먹고 잘 자고 잘 웃으면서,
정말로 행복하게 지내 줘.
당신이 언제까지나, 내가 알고 있는 당신으로 지내 주기를,
항상 바라고 있어.

그럼……. 다음에 또.

……다음에 만나.
다시, 만날 수 있을 때까지 잘 살아갈게.

2020
schedule

행복해지고 싶다는 생각을 한 날의 일

"나하고 있으면, 불행해질지도 몰라."
처음 함께한 밤에 그가 나에게 했던 말.
불행해져도 괜찮다고 생각했어.
원하는 것은 지금, 이 순간의 행복이니까.

그는 절대로 거짓말을 하지 않아.
나를 사랑하고 있다고도 행복하게 해 준다고도 말하지 않아.
태연하게 모르는 샴푸 향을 풍기기도 하고,
나 이외의 존재를 아무런 악의도 없이 엿보이곤 하지.

그래도 나를 안을 때에는, 최고로 부드러워.
사랑받고 있다고 착각하게 될 정도로
그 손끝에도 입술에도, 그가 뱉는 달콤한 단어에도
나를 통째로 감쌀 것 같은 포용력과
모든 것을 휩쓸어 줄 것 같은 든든함이 있었어.

"그 남자는 안 돼."
가까운 이는 정의의 사도 같은 눈빛으로 내게 말하지.
"가엾은 아이."
드러나는 우월감을 감추지도 않고 비웃는 목소리.

그럼에도, 상대적인 행복에 무슨 가치가 있는 걸까 싶어.
내 행복은 나만의 것. 그러므로, 문제 따위 하나도 없어.

그렇게 생각하고 있었는데 어째서일까?
잘 웃을 수 없어. 다정하게 대할 수 없어.
어째서 나는, 울고 있는 거지? 어째서 이렇게 스스로가 싫은 걸까?

"……아아, 나는 나를 위해……행복해지고 싶은 거야."

차갑고 건조한 바람이 오열로 떨리는 몸을 어루만져.
"그만하면 됐잖아."
그런 이야기가 들리는 듯한 느낌이 들었어.
"……그러게."
오늘까지의 나는 여기에 두고 가자.
사랑할 수 있는 내가 될 수 있도록.

변해 가는 시간, 저 너머에

"잘 지냈어?"
"응. 그쪽도 건강해 보여서 마음이 놓이네."
4년 만에 만난 그녀는, 놀라울 정도로 변해 있었다.

그녀와 연인 사이였던 무렵.
일이 바쁜 나를 위해, 그녀는 갸륵할 정도로 정성을 다했다.
철이 없었던 나는 그녀의 호의를 받는 게 몸에 배어 버렸고
점점 다정하게 대할 수 없게 변했다.
그래도, 어떠한 나라도 받아들여 줄 거라고,
믿어 의심치 않았다.

그녀가 그런 나에게 갑자기 이별을 선언하고
눈앞에서 사라진 그때까지
나에게 있어 그녀의 존재가 얼마나
없어서는 안 될 것이었는지, 깨닫지 못했다.

변하고 싶다.
그녀를 행복하게 해 줄 수 있는 남자가 되어,
한 번 더 그녀와 새로 시작하고 싶다.
4년 동안 그런 마음을 품고 살아온 것 같은 생각이 든다.

하지만, 지금 눈앞에 있는 그녀는,
분명히 내가 알던 그녀는 아니다.

내 속에서만 시간이 멈춰 있었다는 것을 겨우 깨달았다.
야속하게 움직이는 시간 속에서
그녀는 자신의 힘으로 확실한 길을 개척해 나간 것이다.

그녀의 강한 눈동자와 흔들리지 않는 말투,
그리고, 약지에서 반짝이는 것이 그것을 말해 주고 있었다.

"행복해지길, 바랄게."
"고마워…… 당신도."

헤어질 때, 메마른 바람이 부드럽게 스치고 지나갔다.
슬플 정도로 나를 계속 붙들어 매고 있던 과거는
이제서야 풍화(風化)를 향해, 움직이기 시작한 것 같았다.

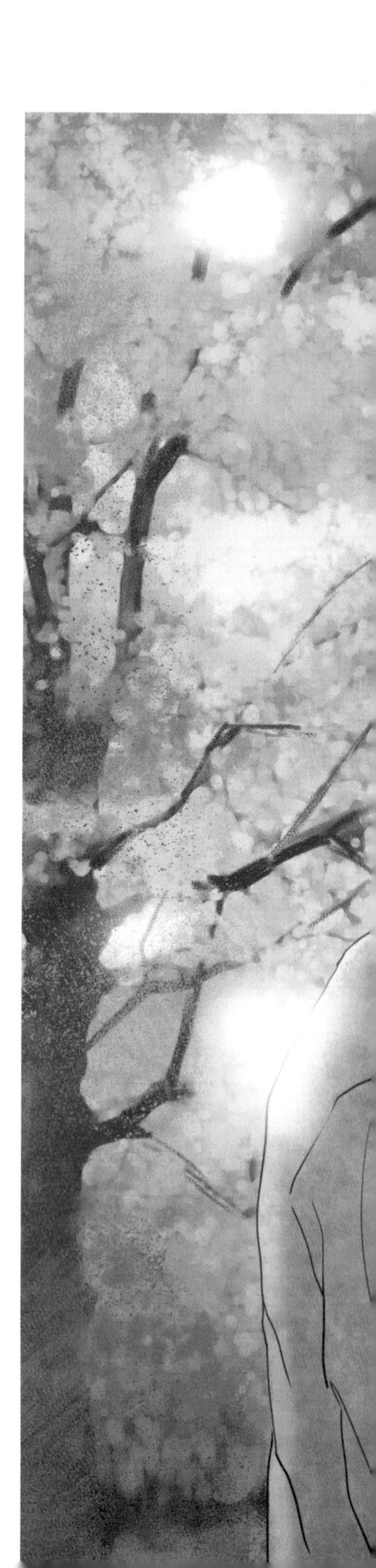

내일을 향해 이어지는 푸르름

아무리 해도 이루어지지 않는 감정이 존재한다는 것을
인생에서 처음으로 깨닫게 된 여름.
사랑스럽고 애달프고 행복하면서 슬프고
때때로 속수무책으로 울고 싶어지고.
그저, 하늘을 보고 싶어졌어.
끝없이 이어지는 맑고 푸른 하늘과 포물선을 그리는 긴 비행기구름.
"내일은 반드시 온다."
눈부실 정도의 푸르름이 나에게 그렇게 속삭인 것 같은 느낌이 들었어.

SHORT STORY

사랑의 형태를 아직 알지 못한다

We don't know the shape of love yet

때때로, 부드러운 바람이 스쳐 지나가듯 생각이 떠오른다.
달콤함 속에 시큼함과 씁쓸함이 섞여 있는 듯한 감정.

연애라 할 정도로 쉽지 않았고
사랑이라 하기에는 너무나도 어린아이 같았다.

무엇을 하던 필사적이었다.
영원이라는 존재를 믿고 있었다.
나 나름대로 정의가 있었다.
그저 한결같이, 앞으로만 나아갔다.

그리움과 함께, 미미한 가슴의 통증이 느껴진다.

당신은 지금
너는 지금

행복하나요?

'사랑은 갑자기 움직이기 시작한다'

"이젠 나한테 와."

연인이 바람피운 걸 알고
슬픔이라기보다, 분함과 비참함으로
나도 모르게 눈물이 흘러나온 그때
조금의 망설임도 없이, 당신이 나에게 한 말이었지.

"나는 그렇게 너를 울리지 않을 거야."

아아 나는, 마음속 어딘가에서 이런 순간을 손꼽아 기다렸을지도 몰라.
이런 식으로, 내 입장에 유리하게
당신의 감정을 이용하려고 하는 나 자신이 부끄러웠어.
하지만 당신은, 그렇게 약은 나를 있는 그대로 받아들여 주었지.

"너무 어렵게 생각하지 않아도 돼.
그냥 나는, 네가 웃으며 지내기를 바랄 뿐이니까."

놀라울 정도로, 가슴이 두근거렸어.
그리고 동시에, 이 사람과 함께 있고 싶다고 생각했지.
나라는 녀석은, 얼마나 단순한 여자인가 싶어서 어이가 없었어.
그래도 그때, 누구도 하지 않은, 딱 필요했던 말을 해 준 당신은, 특별했어.

누군가가 특별한 존재가 되는 일에, 시간 따위 필요하지 않다는 것을 깨달았어.

'한결같은 마음'
일방통행 같은 감정은
세월과 함께 괴로움을 동반해 갔다.
때로는 가슴이 아프고,
잠 못 드는 날도 있었다.
때로는 질투심에 미치고,
스스로가 싫어졌다.
하지만,
역시 네가 좋았다.

다른 누구를 바라보고 있건 간에,
언제나 열심이고 솔직하고
잘 울고 잘 웃는
너를 너무나 좋아하기 때문에

네가 이 세계에 존재하는 한,
이 감정을 잘라낼 수는
없겠구나 생각했다.

그런 어느 날, 네가 눈물을 보였다.
지금밖에 없다고 생각했다.
자신의 교활함에 자기혐오에 빠질 것 같았지만
기적이 일어났다.

처음으로 네가, 나를 보았다.
분명 나는, 이날 일을 절대로 잊지 않을 것이다.
다른 수많은 사람이 아니라,
너에게 있어서 '오직 한 사람'으로 선택된 날.
그것은, 오래도록, 계속……
손꼽아 기다리던 순간이었다.

'깨달음'

신기하게도, 전부터 알고 있다고 생각했던 사람인데
'남자 친구'라는 존재가 되면 갑자기 시선이 바뀐다.

들뜨고 곱슬인 머리카락
크게 도드라진 울대뼈
약간 허스키하고 낮은 목소리
나를 바라보는 다정한 눈동자
나에게 맞춘 보폭
아프지 않을 정도로 꽉 쥔 커다란 손

그리고
너무나 달콤한, 키스.

찔러 뚫을 듯한 당신의 눈동자에는
내 모든 것을 가져갈 것만 같은 힘이 있다.
마치 마법에 걸린 것처럼 꼼짝도 못 하게 되고,
문득 보니 눈앞의 당신밖에 생각할 수 없게 되었다.
뜨거운 혀끝. 젖은 입술. 그 안쪽에 희미한 담배 냄새.
이제, 깨닫지 않을 수가 없게 됐다.

나, 당신을 좋아해…….

‘너에게 전하고 싶었던 것’

너에 대한 사랑의 감정이 싹텄을 때부터
내내, 만지고 싶었어.

조그맣고 하얀 손도
폭신하고 부드러워 보이는 머리카락도
분홍색으로 물든 볼도
부러질 듯 가는 목덜미도
반들반들한 입술도

그 모든 것을 나만의 것으로 하고 싶다고 생각했지.
그리고, 너에 대한 감정을 모조리 전하고 싶었어.

“좋아해.”

나는 너를 좋아해. 좋아해.

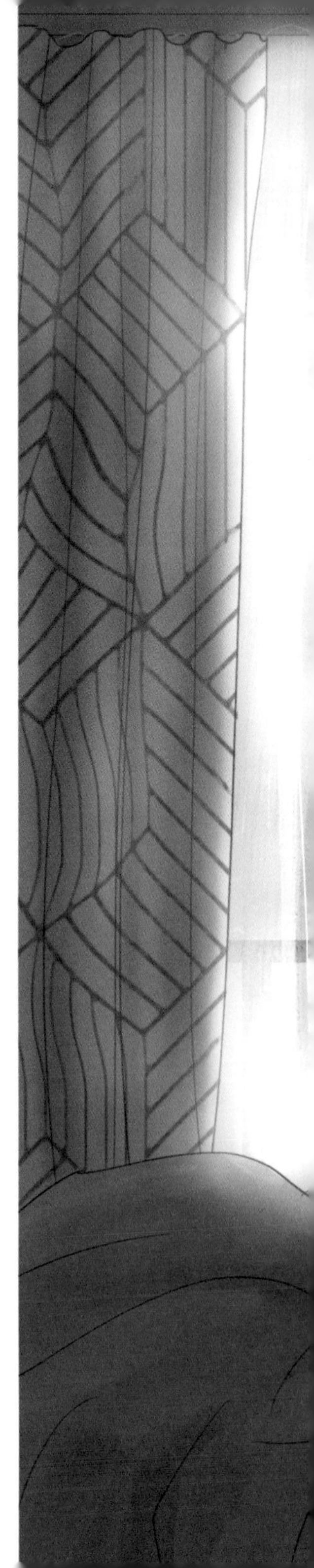

'녹아들어, 뒤섞이다'

나는, 행복한 섹스를 알지 못했다.
기분이 좋다고 느낀 적도 없었고,
상대를 기쁘게 하기 위한 행위에 지나지 않았다.

그날도 당신은, 혀와 손을 써서 섬세하게 온몸을 애무했다.
나는 뇌가 저릿할 정도의 쾌락을 느끼면서, 몇 번이고 황홀에 달했다.
몸 안쪽으로부터 여러 가지 것들이 속속들이 드러날 듯한 상태가 되어
수치심에서 나도 모르게 손을 입으로 가져가자,
당신은 그 손을 붙들고

"목소리, 들려줘."

라고 낮고 부드러운 목소리로 속삭였다.
그것만으로, 정신이 이상해질 정도로 하반신이 욱신거렸다.
빨리 하나가 되고 싶어서, 나는 당신을 꽉 붙들었다.

항상 자신이 없었다.
눈앞의 상대가 나를 좋아한다고 하면,
진심으로 믿을 수가 없었다.
그래서 상대도 나를 믿지 못하게 됐을 거라는 걸,
이제는 안다.

당신과 서로 녹아들 것 같은 섹스를 하고
알몸으로 서로를 껴안는 기쁨을 알았다.
사랑받기 위해 태어난 것이라고
나는 나 자체로 괜찮다고, 처음으로 생각할 수 있었다.

'약함이라는 이름의'

이제 질투는 하지 않겠다고 마음먹었다.

하지만 인간이란 탐욕스러운 생물이라,
너와 마음이 서로 통한 순간
너의 과거도 모두 내 것으로 하고 싶어졌다.
불과 한순간일지라도, 네가 다른 남자에게 안겨 있었다는 것은,
생각만 해도 구역질이 났다.

나라는 사람을, 제대로 보고 있어?
옛날 남자하고 비교하는 거 아니야?
정말 나에게, 만족하는 거야?

그렇게 질척질척한 감정이 넘쳐 나서,
그녀에게 심하게 해버렸다.
다정하게 대하고 싶은데, 다정해질 수 없다.

"나에게는 당신뿐이야. 믿어 줘……."

너는 간절히 부탁하는 듯, 울었다.
그것을 보고, "절대로 울리지 않겠다"라고
그날 잘난 듯 말한 나 자신을 때리고 싶어졌다.

is to suffer.
To avoid
one must
love.
then one
from
loving.
Allen
We don't know
the shape of
love yet
is impossible
and be wise.
Bacon
BOOK

어찌할 수 없을 정도로 큰 죄책감에 짓눌릴 듯한 상태로,
정신을 차리니 나도 울고 있었다.

"미안……. 나, 스스로가 정말 한심해."

너는 다정하게 나를 껴안았다.

"아니야. 당신 마음, 이해해.
이런 식으로 생각할 수 있게 된 건, 당신 덕분이야."

독선적이고 제멋대로인 감정이,
상냥한 무언가에 의해 변해 간다.
그 무언가의 정체는 알지 못했지만,
분명 잊어서는 안 될 소중한 감정인 것 같았다.

나는 너를 두 번 다시는 울리지 않겠어. 절대로.

‘평온한 시간’

당신의 연인이 되고, 2년이 지나고 있었다.
우리들은, 서로의 집을 오가면서
달콤한 신혼부부 같은 생활을 즐기고 있었다.

아침에 일어나면 잠든 당신의 숨소리가 들린다.
커다란 팔에 안긴 채, 당신 심장 소리를 듣는다.
아무도 모르는 무방비 상태의 잠든 얼굴.
나보다 약간 뜨거운 체온.
평온하고, 다정하고, 달콤하고, 안심할 수 있는 시간.

아아, 이것이 행복이라는 녀석일까?
그렇게 생각한 순간, 갑자기 불안이 끓어올랐다.
나는 거의 무의식중에, 당신에게 꼭 달라붙었다.

“……으음, 좋은 아침, 왜 그래?”
“……아니, 그냥……꿈이 아니겠지 싶어서.”
“훗, 뭐 이리 귀여운 소리를 하는 거야.”

당신은 살며시 미소 지은 뒤, 다정하게 나를 끌어안아 주며
“꿈이라면, 깨어나지 않으면 좋겠네.”라고 속삭였다.

아아, 나는 분명히…….
당신을 만나기 위해서 태어났을 거야.
갑자기 이런 말을 한다면, 당신은 뭐라고 할까?

그런 생각을 하고 있자니, 옆에서 당신의 잠결 속 숨소리가 작게 들려왔다.

"나……."
"……응?"

"나 말이야……."
"응."

"이렇게나 누군가를 소중하게 생각한 적이 없어."
"……."

"좋아해. 사랑해……."
"나도…… 좋아해. 사랑해……."

"……나도, 사랑해……."

'지금과 미래'

학생으로서 마지막 여름.
나는, 내 미래를 진지하게 생각하기 시작했다.

어른이 될 수 있다는 기대와 기쁨
아직 지금 이대로 있고 싶다는 집착과 서운함.

그 두 감정 틈새에서 오직 하나,
변하지 않는 마음이 있었다.

너와 앞으로도 계속 함께하고 싶다.

그것은 너무나도 아이 같은 망상이 아닐까 하고,
또 한 명의 내가 악마처럼 속삭인다.

만약 여기서, 또 한 명의 나 자신과
제대로 마주 볼 수 있다면
다른 미래가 있을지도 모르는데.
나는 단지 '지금'만을 바라보고 있었다.
넓고 아득한 훗날을 상상하는 일을,
뒷전으로 미루고 말았다.

'또 한 명의 나 자신'

나에게는 꿈이 있었다.
그것은 어린 시절부터 품어온 꿈이었고,
당연한 듯 그렇게 될 미래를
상상하며 살아왔다.

지금, 그 꿈이 다가오고 있다.
그와 동시에
"만약 커다란 것을 얻고 싶다면
지금 있는 소중한 것을
희생하지 않으면 안 된다."
라는 목소리가 들려온다.

두렵다.
무엇이?
그를 잃을지도 모른다는 사실이?

아니다.

당신보다 소중한 무언가가
생길 수도 있다는 사실이,
두렵다.
그런 나 자신이
내 속에서 숨쉬기 시작하고,
당신에 대한 감정을
침식하려 하고 있다는 사실이
두렵고도 두려워서, 견딜 수 없게 되었다.

……분명, 괜찮을 거야.
나는 잘못하거나 하지 않아.

'사랑이란'

당신을 많이 좋아하는데
어째서 나는 이렇게도 마음이 흔들리는 걸까?

네가 사랑스러워서 어쩔 줄을 모르겠는데
어째서 나는 너와의 미래를 상상할 수 없을까?

'끝의 시작'

'장거리 연애'
그런 표현이 머리를 스친다.

괴로울 때 곁에 없고
기쁠 때 기쁨을 함께 나눌 수 없어
넓은 침대
불안
점점 깊어 가는 의심
채워지지 않는 골
서로 안을 수 없는 거리
앞이 보이지 않는 어둠

어쩔 수 없이 두 사람의 미래가
어둡고 무겁게 변해간다.

나는 분명, 당신을 원망하고 있다.
그리고, 그 이상으로
이런 선택을 한 나 자신을 추궁하고 싶어진다. 미워진다.
그래서, 누구를 위해서도 아닌 나 자신을 위해서
당신과 헤어져야만 한다.
그렇게 생각할 수밖에 없었다.

악인은 나 혼자면 된다.

‘흑백으로 변한 세상’

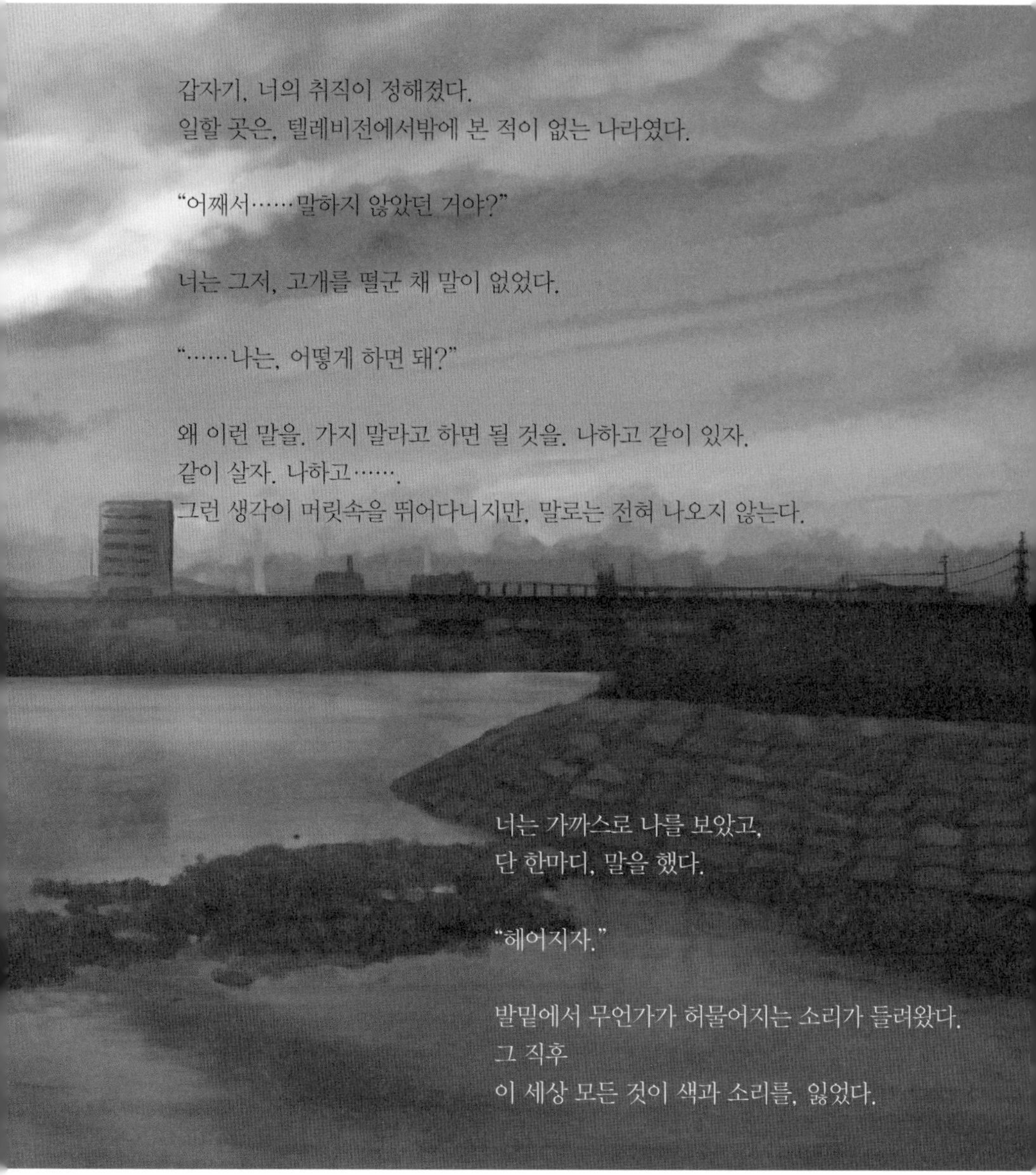

갑자기, 너의 취직이 정해졌다.
일할 곳은, 텔레비전에서밖에 본 적이 없는 나라였다.

"어째서……말하지 않았던 거야?"

너는 그저, 고개를 떨군 채 말이 없었다.

"……나는, 어떻게 하면 돼?"

왜 이런 말을. 가지 말라고 하면 될 것을. 나하고 같이 있자.
같이 살자. 나하고…….
그런 생각이 머릿속을 뛰어다니지만, 말로는 전혀 나오지 않는다.

너는 가까스로 나를 보았고,
단 한마디, 말을 했다.

"헤어지자."

발밑에서 무언가가 허물어지는 소리가 들려왔다.
그 직후
이 세상 모든 것이 색과 소리를, 잃었다.

'모든 것이 하얗게 물든 순간'

끝나는 순간은 앞질러 달려가듯 찾아왔다.
시간은 때때로 잔혹하다.
마지막 날이 올 거면
행복한 날인 채로 멈춰 주었으면 좋았을 것을.

"껴안고 싶어."
간절한 소원에 가까운 마음이었다.
"……안 돼."
너의 눈동자가 흔들린다.

"싫어."
나는 억지로 너를 껴안았다.
"……싫다고 말했잖아……."
그렇게 말하면서도,
너에게서 힘이 빠지고 있는 것을 알 수 있다.

"마지막에라도, 솔직해져 봐.
사실은 이렇게 하고 싶었으면서."
울면 안 된다.
"……바보. 앞만 바라보고 나아가고 싶었는데."
너는 온몸을 떨면서, 울었다.
그날, 이별을 결심한 그날 이후
결코 울거나 하지 않았던 네가.

"이별 인사는 하지 않을게. 만약 다시……."
그 뒤로는 말이 이어지지 않았다.

멀어져 가는 네가 흰 눈과 안개 속으로 사라져 갈 때까지
나는 그 뒷모습을 계속 바라보고 있었다.

좋아해.
사랑해.
지금도 앞으로도, 계속 너만을 사랑할 거야.

소리치고 싶은 심정은 목소리가 되지 않은 채
무정하게 줄곧 내리는 눈에 덮여 감춰져 간다.
다채로운 색이었던 과거의 기억은,
서서히 하얗게, 물들어 갔다.

그로부터 5년.
세월은 확실히 마음의 상처를 치유한다.
어지러이 변해 가는 매일매일, 새로운 만남, 환경의 변화.
울어 보아도 소리쳐 보아도 누군가를 탓해 보아도,
시간은 잔혹할 정도로 평등하게 째깍째깍 흘러가고
멈추어 설 틈 따위 주지 않는다.

그렇게 필사적으로 사는 시간 속에서
아주 잠깐, 뜻밖에도 그것은
바람처럼 불어왔다가 간다.

나는 생각해.
당신을 만나서 좋았다고.
나는 생각하지.
너를 좋아하게 돼서 좋았다고.

사랑의 형태를 알지 못했던 그 시절
온 힘을 다해 사랑의 형태를 알고 싶다고 생각했지.

영혼이 마구 흔들려질 정도의 감정을
누군가와 함께 살아가는 기쁨을
누군가의 인생을 등에 질 각오를
명확한 미래를 그려낼 용기를
서로 사랑한 뒤에 느끼는 기적을

알고 싶었지.
그런 식으로 살고 싶다고 바랐어.

하지만

그때 알 수 없었던 것에는
분명 커다란 의미가 있었을 거야.

'지금, 이 순간'을 위해
그 사랑스러운 과거가 있었을 테니까.

Epilogue

"사랑이란 건 무엇일까요?"

팬분들에게 자주 듣는 질문입니다.

내가 사랑을 테마로 그리게 된 후 수많은 팬분으로부터 연애 에피소드를 들을 기회도 늘어나면서, 점점 깊이 알고 싶다고 생각한 것이 있었습니다. 그것은 "어째서 사람은 사랑하고 사랑받고 싶은 걸까?"라는 것.

사람은 모두 마음속 어딘가에서 특정한 누군가에게 사랑받고 싶다거나 또는 진심으로 사랑하고 싶다는 본능적인 욕구가 있다고 생각합니다. 사랑이란 무엇인지에 대해 고민했을 때, 사랑의 감정을 깊이 파고 들어가면 답을 발견할 수 있지 않을까 생각하게 되었습니다.

내가 평소에 이야기를 쓸 때 중요하게 생각하는 것은 등장인물들의 감정에 바짝 다가가는 일입니다. 어떤 사건이 일어나고 등장인물들이 고민하고 갈등하면서, 자신 혹은 상대와 마주하고, 깨닫고, 거기에서 자기 나름의 답을 끌어내 가는 모습을 나는 조금 객관적인 위치에 서서 바라보려고 합니다. 그리고 그렇게 도출된 답이 바로 각각의 '사랑의 형태'입니다.

그것은 '보답이나 대가를 바라지 않는 마음'이기도 하고 '제멋대로에 일방적인 감정'이거나 '상대를 염려하는 기분'이거나 '다정하게 다가가는 온화한 마음'일 때도 있습니다. 또한 그것은 때로는 예상을 넘어설 정도로 크게 부풀어 오르기도 하고, 놀라울 정도로 말끔히 사라져 버리기도 합니다.

맞습니다, 사랑은 실체가 없고 여리고 위태롭지요. 하지만 모든 이의 마음속에 오래도록 계속 존재하며 답이 정해지지 않은 영원한 테마이기도 합니다. 그렇게 느끼게 되었습니다.

그런데 여기서, 나 개인이 생각하는 사랑의 형태는 무엇인지를 말씀드리려고 합니다만, 그 전에 제목이기도 한 '사랑의 형태를 아직 알지 못한다'에 대한 이야기를 하겠습니다.

이 이야기의 주인공들은 인생 처음으로 엄청난 연애를 합니다. 사랑하는 사람과 서로의 마음을 나누는 것이 다만 그저 행복한 두 사람. 하지만 그 행복에 찬물을 끼

얹듯 엄습해 오는 불안과 갈등. 상황이나 타이밍 그리고 미숙함이, 그때 분명히 존재하고 있었을 터인 사랑의 형태를 애매한 것으로 바꾸어 나갑니다. 사랑이 어떤 것인지 깨닫지 못하고, 결국 하나의 연애가 끝나 버리게 되는데 그래도 긴 세월이 소중한 것을 깨닫게 해줍니다. ……이 세상에 존재하는 수많은 연애는, 분명 그러한 것일지도 몰라. 그러한 생각 속에 태어난 이야기였습니다.

나 자신 또한 지금까지 살아오면서 가까스로 깨닫게 된 것은 아주 많습니다. 그것은 상대의 행복이 자신의 행복이라 생각할 수 있는 마음. 그 순간에는 분명 상대에 대한 감정과 같은 정도의 크기로 자신을 사랑하고 있을 겁니다. 지론입니다만, 누가 되었건 간에 자기희생으로부터 진정한 사랑 따위는 생겨나지 않는다고 생각합니다. 왜냐하면, 자기희생이라는 건 참음에 가까운 감정이므로, 처음에는 속일 수 있다 해도 점점 마음의 균형을 잡지 못하게 되어, 행복에서 멀어질 것이기 때문입니다. 그래서 나는 자기애가 없으면 사랑이라는 감정은 성립되지 않는다고 생각합니다. '그가 좋다. 그런 나도 좋다. 그래서 행복해' 이겁니다!

그러니까 만일 사랑 때문에 고민하고 사랑 때문에 헤매는 때가 온다면, 내가 나를 좋아할 수 있는 쪽으로 선택하려고 합니다. 물론 이것은 어디까지나 내가 생각하는 사랑의 형태이므로 그것이 정답은 아닙니다. '사랑이란 무엇일까?' 그 답은 여러분 마음속에만 존재할 것입니다.

앞으로도 누군가의 마음에 깊고 뜨거운 것이 남을 수 있는 '사랑의 형태'를 계속 표현해 나가고자 합니다. 그리고 동시에, 나 스스로 어떤 때라도 사랑을 믿고, 사랑을 소중히 하고, 사랑으로 가득 찬 인생을 살아갈 수 있는 내가 되고 싶다고 생각합니다.

끝으로, 이 책을 여기까지 읽어 주셔서 정말 감사합니다. 자기 속에 계속 존재하고 있는 사랑, 그리고 지금 눈앞에 존재하는 사랑을 부디 언제까지고 소중히 하시길.

Haruna.

히라이즈미 하루나

Haruna Hiraizumi

일러스트레이터. 2017년부터 프리랜서 일러스트레이터로 SNS상에서 활동을 시작. 2018년경부터 사랑이나 성을 주제로 한 남녀의 일러스트를 Instagram에 투고하여 화제가 됨. 아름답고 섬세한 터치의 일러스트와 거기에 딱 어울리는 정감 넘치는 문장이 인기를 불러모아, 현재 SNS 총 팔로워 수는 69.5만 명을 넘었다(2022년 6월 8일 기준).

Instagram : @hiraizumiharuna0204 Twitter : @hiraizumiharuna

사랑의 형태를 아직 알지 못한다

2022년 07월 13일 1판 1쇄 발행

원 작 히라이즈미 하루나
옮 긴 이 나츠민
발 행 인 유재옥
본 부 장 조병권
담당편집 이해빈
편 집 1 팀 김준균 김혜연 박소연
편 집 2 팀 정영길 조찬희 박치우 정지원
편 집 3 팀 오준영 곽혜민 이해빈
디 자 인 김보라 박민솔
라 이 츠 한주원 이승희
디 지 털 박상섭 최서윤 김지연
발 행 처 (주)소미미디어
발행등록 제2015-000008호
주 소 서울시 마포구 토정로 222, 403호(신수동, 한국출판콘텐츠센터)
판 매 (주)소미미디어
제 작 처 코리아피앤피
영 업 박종욱
마 케 팅 한민지 최원석 최정연 한소리
물 류 허석용 백철기
전 화 편집부 (070)4164-3960, (070)4253-9250 기획실 (02)567-3388
판매 및 마케팅 (070)4165-6888, Fax (02)322-7665

ISBN 979-11-384-1200-1 (03830)

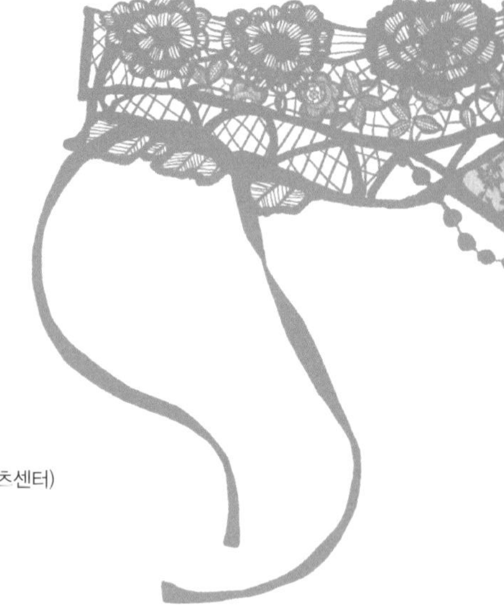

AI NO KATACHI WO MADA SHIRANAI